wake up on the moon

在月亮上醒来

银莲 著　　Written by Yin Lian

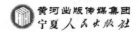
黄河出版传媒集团
宁夏人民出版社

图书在版编目（CIP）数据

在月亮上醒来 = Wake up on the moon／银莲著
.--银川：宁夏人民出版社，2020.11
ISBN 978-7-227-07301-7

Ⅰ.①在… Ⅱ.①银… Ⅲ.①诗集–中国–当代
Ⅳ.①I227

中国版本图书馆 CIP 数据核字（2020）第 219262 号

在月亮上醒来

Wake up on the moon

银 莲 著

责任编辑　陈　浪
责任校对　康景堂
封面设计　圣立文化
责任印制　马　丽

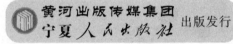
黄河出版传媒集团
宁夏人民出版社　出版发行

出版人　薛文斌
地　址　宁夏银川市北京东路 139 号出版大厦（750001）
网　址　http://www.yrpubm.com
网上书店　http://www.hh-book.com
电子信箱　nxrmcbs@126.com
邮购电话　0951–5052104　5052106
经　销　全国新华书店
印刷装订　四川西南彩色印务有限公司
印刷委托书号　（宁）0019054

开本　889 mm×1194 mm　1/32
印张　6
字数　82 千字
版次　2020 年 11 月第 1 版
印次　2020 年 11 月第 1 次印刷
书号　ISBN 978-7-227-07301-7
定价　39.00 元

对爱与温暖的呼唤

◎ 曹顺庆

出生于圣手仁心的中医世家，滋养于钟灵毓秀的天府之地，银莲是一位极有灵气的当代女诗人。她的诗句细腻、纤巧、灵动。

元好问曾论诗说："眼处心声句自神，暗中摸索总非真。画图临出秦川景，亲到长安有几人？"读银莲笔下的成都，会令人忍不住感叹这句"眼处心声句自神"，你能够处处感受到她身在巴蜀，心在巴蜀，才能写出"亲到长安"来的"秦川景"。她笔下的乡愁是："水在老屋门前走来走去/叮叮糖清脆的敲打声/香甜了深深浅浅的童年旧梦/耍酒馆呼朋唤友/喊来静湖的月亮/喊来调皮的星星/一坛子陈年老酒/灌醉了银杏树下/浓得化不开的乡音乡愁"（银莲《水韵天府》），像是儿时酣畅淋漓做了一场梦，惊醒时望了满眼漫天的星星，亲人的轻柔乡音仍在耳畔低吟，这幅图景是她笔下浓得醉人的乡愁。

　　银莲也是一个浪漫的诗人。她始终相信爱情，相信一切能为心灵带来感动的事。有的人总是生活得很累，面对世界需要全副武装，而她是一个能够放下的人，愿意敞开内心最柔软的一瓣，放松地来寄情山水，真诚地去触碰生活。她的爱情诗写得尤为动人，原始、激情，能够读到《诗经》的风味。《诗经》中的爱情诗，是最朴素悠长的，且看这首："月出皎兮，佼人僚兮，舒窈纠兮。劳心悄兮！　　月出皓兮，佼人懰兮，舒忧受兮。劳心慅兮！"（《诗经·陈风·月出》）皎洁的月光下，一位美人一边思念着心上人，一边窈窕漫步，时间和画面静止在这一刻，心绪万千。而银莲的这首："落叶起身/返回三月的枝头/把天空举过头顶/我是雨夜/怀揣火焰的桃花/内心柔软/藏掖小小的毒/那是你稀罕的妩媚/不要你的命/来偷你的心"（《我是雨夜怀揣火焰的桃花》），同样是月夜思人，却将惆

惴不安的情感写得奔放不失柔媚，如同把
《诗经》中月下美人内心的所思所想展露
无遗，质朴而热情。

　　银莲的诗还特别适合孩子读。孩子们
可以在她的诗中读到对巴蜀文明的敬仰，
对爱与温柔的呼唤，与对生活中每一处善
与美的感激。现在，写现代主义、后现
代主义的诗人太多了，人人都想要"解
构"，解构一切庄严的东西，解构辉煌，
解构"一本正经"。以至于一切带有"歌
颂"意味的诗都成了俗诗，似乎总得批判
点什么，才能够证明诗的意义，证明诗人
的与众不同。如是混乱芜杂、泥沙俱下的
"后现代"诗歌景观，自然会引起一些忠
实维护诗歌、真切关爱诗歌的写作者和批
评家的反思、批判。有些充满叛逆、解
构、反传统的诗是给成年人读的，而儿童
们还处在"建构"期，他们更需要读一读
像银莲所作这样的诗，来建构生活中基础
的美的经验。如："荒草连天/我们围坐芭
蕉树下/夕阳烧了酒/大粗碗满上//欢声长
了翅膀/四处飞扬/绿岛是安静的琴房/水在
白键黑键上/兴风作浪"（《夜宴》）。
生活中处处是细节，能感受到细节之美的

人，是有审美能力的人，写出的诗便容易有生命力。儿童需要这样的能力，一个幸福的人更需要在童年时建构这种能力，即发现美的能力。

"诗者，吟咏情性也。"当文学由严肃的文学探索突进泛滥为随意、低俗的文学娱乐、游戏，并加入消费、媚俗的市场大合唱后，文学原初的"文学性""诗意"就面临危机。诗歌固然要进入市场，而真正美好的诗不需要哗众取宠，也可以有打动人心的力量。希望能有更多的作家像银莲一样，不把诗作为语言的游戏，而是可以一路吟游，诗随心生，做到对"人性化写作"的有效实践和对文学创作中人民立场的坚守。

（作者系欧洲科学与艺术院院士，四川大学文科杰出教授，长江学者特聘教授，北京师范大学博士生导师，四川省社科联副主席）

※ 原文标题为《评银莲的诗》

原载于《星星·诗歌理论》2020年第2期

目录

CONTENTS

CONTENTS

东进之路

插画：邱笑秋

耕读巴蜀

插画：张家伟

航拍丝路

插画：杨家驹

CONTENTS

附录 / 自在行走

走馬成都

wake up on the moon

时间的钟摆

我听见
诗经的源头
群山化雪的声音
清澈纯净，撞击心灵
我听见
时间的钟摆
嘀嗒、嘀嗒敲响耳鼓

我看见
蜀人先祖弯腰播种
男耕女织的剪影
我看见
迎面走来的蜀中诗人
一路行游吟唱
一路诗酒芬芳

2020成都诗歌音乐季开篇朗诵诗歌
2020年1月13日于少城剧场

在一盏茶香里等你

煮茶问禅
沉浮之间知冷暖
超度虔诚
这一生修心悟道
行走天地间

山高水长
古树茶神打坐千年
呼吸阳光
这一路观音托梦
美好，住进心田

星星发芽
露水落地修行
枝丫藏起心事的素颜
时光是一座沉默的空山
陌生的人
在一盏茶香里等你
一世光阴
够不够把风景看
日月星辰作伴
美好，滋润心田

YinTian
走马成都

2020年5月9日为联合国首个"国际茶日"而作

蜀汉三国

月色，推开蜀汉三国
吱呀作响的木门
脚步拍打秋风
今夜，锦里是游客眼里
川戏锣鼓的摇身变脸
活色生香的麻辣川菜
也是瓦屋窗前
我的一盏绿茶
半亩书香

大红灯笼
迷上了水边自拍
武侯祠翻动一页
渐行渐远的刀光剑影
酒吧街民谣吉他
弹拨低音弦上的意乱情迷
成都，带不走的只有你

（原载于《草堂》2019年第2期）

武侯祠

喊一声诸葛先生
应声爬上墙头
是武侯祠千年银杏

说的是先生去了关外
至今没有回来
他翻动的书卷还在
他换季的衣裳还在

吊脚古戏台
滚动上演《三国演义》
川戏锣鼓垫底
汉昭烈庙
二十八位文臣武将
活生生登场

红墙穿过竹影
千年武侯祠
用铁血智谋成就蜀汉基业
把柔情都给了
一墙之外的锦里

2020年8月7日

杜甫草堂

在屋檐下坐定
煮一壶茶
等肚子里装了一部诗史的
杜大诗人，从晚唐回来

都说隔墙有耳
文友碰面，免不了冒险
说几句真心话
你看诗仙李白仗剑出川
怀才不遇伯乐，狂放一生
只不过以诗酒
喂瘦了盛唐
一地月光

你看诗圣杜甫
空怀忧国忧民一腔热血
满腹诗书
在成都写下四百多首诗篇
竟然扶不起
被秋风吹破的几间茅屋

人生苦短

只不过一盏茶的工夫

隔壁子黄四娘家

门前的人面桃花

又落满了浣花溪

2019年3月23日日于少陵草堂

（原载于《琴台文艺》2020年第6期）

望江楼

九千根竹子
够不够为你撑一把伞
撑开一方晴天

远行的船
从浣花溪下水
行到玉女津
转弯就不见了帆影

水声撞击胸腔
濯锦楼不是你的哭墙
一颗失重的心
在哪里上岸

花开无人同赏
你的灵魂伴侣在蜀山之外
遇见了另一片云
空留一眼薛涛井
独对流水落花

吟诗楼，诗酒唱和
明月遥寄中秋

浣笺亭，桃红小彩笺
挑灯细数相思
崇丽阁，远望西岭雪山
尽览蜀都风流

留存九十首诗词
够不够折服，大唐女校书
扫眉才子薛涛半世才情

望江楼上
借一片竹林观照古今
以芙蓉花为颜值
美给锦江看

2020年8月13日于望江楼公园

YinTian
走马西都

宽窄巷子

康熙年间
长在少城里的满城
满蒙八旗官兵的马蹄声
敲打三条平行排列的石板街
兴仁胡同、太平胡同、如意胡同

民国初年
三条胡同改名换姓
卖担担面的挑夫走街串巷
一袋烟的工夫
从宽巷子串到窄巷子
从窄巷子串到井巷子

一个个青黛色
砖瓦合围的古朴院落
腾空了撤离的官兵
收留舍不得走的八旗后裔
清朝过户给少城的这些古街道
流水账上，社会名流、达官贵人
走马灯似的搬进搬出

如今的宽窄巷子

街头的川戏老茶馆
大妙麻辣火锅
子非川菜、白夜酒吧
街角的成都画院
散花书院，熊猫邮局
一夜之间整容式成长
变成旅游休闲文化打卡地

2020年6月23日于香园

桂花巷

站在街口
与宽窄巷子隔街相望
老字号无名包子铺
竹编蒸笼满头冒热气

这条老街
清朝满城叫丹桂胡同
民国初年叫桂花街
街边摆上几张竹椅板凳
就是一间茶铺子
两三家川菜小馆
翻炒人间烟火

街头一砖一瓦
墙角一草一木
如果当真有灵性
多半还记得
我的祖父身穿夏布长衫
在同善针灸医院
进进出出的年轻身影

一九三五年，蜀中才子李劼人

搬进桂花巷六十四号院子
写下《暴风雨前》《大波》
两部长篇小说
一幅幅川西坝子民俗风物画
活在他的笔下

算起来差不多有两年时间
中医针灸传承人银纯文
与文学大师李劼人
做了桂花巷的街坊邻居
他们会在哪里打照面
是在街边的茶铺子
还是在街口的早餐店

又是一年深秋时节
街头响起
成都女子站在家门口
招呼街坊邻居
那清亮秀气的声音
三百年桂花巷
九百米桂花香

2019年9月16日于少城

去都江堰找回秋天

心怀敬畏
拜访世界水利文化的祖先
城际火车带我去都江堰

南桥站在岷江对岸
伸手拉我过河
身后跟来灌县古城

秋天的小把戏
给一千七百岁的
张松银杏化妆
半树叶子绿，半树叶子黄

伏龙观登高
鱼嘴、飞沙堰、宝瓶口
从远处走来
无坝引水，岷江交出
千万亩稻麦飘香
天空交出，秦昭王末年
蜀郡太守李冰
积攒下来的宝石蓝

2020年8月11日

水韵天府

路遇的风
触手有丝绸的柔滑
马帮的影子
踩着耳边时光的嘀嗒
南方丝绸之路
八百里灵关古道
从成都出发
历史停歇在江安河码头
金花桥驿站

水在老屋门前走来走去
叮叮糖清脆的敲打声
香甜了深深浅浅的童年旧梦
耍酒馆呼朋唤友
喊来静湖的月亮
喊来调皮的星星
一坛子陈年老酒
灌醉了银杏树下
浓得化不开的乡音乡愁

（原载于2018年3月19日《成都日报》）

三苏祠的北宋时光

说来就来
一场雨劈头盖脸
像极了北宋太师苏轼
阴晴不定的人生

对人间爱到咯血
才尝得出清欢的味道
生性放达，为人率真的东坡居士
被嫉妒之剑刺伤
一路贬官流放
足迹遍布十二州

在杭州、颍州、惠州
为治理水患先后修筑三条苏堤
在海南岛儋州兴办学堂
留下东坡井、东坡田、东坡桥
为官一地，福佑一方

雨后阳光照在古井台
挂满水珠的青苔上
海棠亭两侧见证历史的桂花树
那让人仰视的橙红色花朵

不正是三苏祠
一门父子三词客
香传文坛九百年的现实写照

2020年5月29日于眉山

川大南园那棵桑树

不知道是哪里赶来的风
哪一只远走高飞的鸟
把神仙叶的种子
托付给这片土地

搬进南园那个冬天
这棵从《神农本草经》
长出来的陌上桑
潜伏在花草树木间
隐身在我的眼皮底下

翻过春天的栅栏抵达夏天
在文科楼编完一期杂志
一场急雨之后
怀抱几本书走回家
穿过栀子花干净的芬芳
我的裙边落了一地紫色浆果

抬头看，一棵桑树柔软的枝丫
在云的肩头与香樟交换空间
每天匆匆忙忙进进出出
我竟然没有觉察

这挂满枝头的桑葚
貌似百年川大银杏树下
路遇那些学养深厚的长者
藏大好山水于内心
生命之树结满思想的果实

2020年8月3日于四川大学望江校区

启蒙的钟声来自文翁石室

启蒙的钟声
来自西汉
二千一百六十年
把文字刻在石头上
二十四部史书
书声琅琅
二十一个世纪
桃李芬芳

文翁石室是一座山
每一个山头都站立文宗赋圣
时代精英
文翁石室是一条河
每一朵浪花都举起一面镜子
观照古今

历经蜀汉、唐宋元明清
两千年校名更替，校址不变，弦歌不辍
博物馆里走出来《石室十三经》
中学历史课本里走出来
汉代画像石《石室讲经图》
校史馆里走出来，一代代杰出校友

司马相如站在辞赋的山巅
琴歌一曲《凤求凰》
西汉大儒扬雄
敲开世界方言地理学之门

前有学长李密孝书《陈情表》
史官陈寿撰写《三国志》
画家文同胸有成竹
后有戏剧才子李调元
作家李劼人，诗人何其芳
音乐理论家王光祈
文化巨人郭沫若
中华文明，薪火文脉接力相传

遥看时间的源头
蜀郡太守文翁独立风口浪尖
创建石室精舍
开官办学堂之风尚
敢为天下先

看当今石室学子
前浪砥砺，八位院士从文庙起步
心怀报国理想攻坚克难
学不分中西，海容纳百川
再看今朝文翁石室

后浪翻涌，亮出青春的护照
跟时间较劲，向未来挑战
喊出厉行进取、跨越发展的宣言
手握启蒙智慧的钥匙
开启跻身民族文化之林的
天府篇章

2020年5月30日于成都石室中学

锦江夜游

天色让眼前
雕花屋檐的线条
变得简单

我与锦官城的艳遇
来自一身汉服
九百卷唐诗

银杏树下
竹椅板凳不寂寞
三两杯盖碗茶
气定神闲

望江楼，听涛阁
万里行船诗酒交欢
翻炒南北腔调

合江亭，九眼桥
十二乐舫锦江夜游
一叶乌篷船
晕染水墨千年

Jin Jiang
走马成都

2018年7月26日于合江亭

在天艺村听雨

屋檐下，煮茶听雨
你在盛唐
我在浓园国际艺术村

也是这样的春天
你打马长安，一去不回头
红颜染绿芭蕉

梨花白，桃花红
春天的新欢
一个比一个妖艳
大地泼墨写意
铺开宣纸

生命的陶罐薄脆无常
你的名字
是一个多音字
我还记得那翘舌的尾音

2019年3月26日

天府芙蓉园

水边的花儿
不是为我开的
树梢的鸟儿
不是为我唱的
风筝的长线
不是攥在我手里
如果你不来
蓝天、白云、阳光
空气都是多余

2019年3月2日

记忆长出骨头

一九〇六年
夏天的蝉声
叫得格外来劲
工业革命的西洋风
吹进高攀桥
这条安静的巷子

香樟树一片片叶子
肩膀挨着肩膀
藏起一个天大的秘密
凝聚祖先智慧的火药
化作流水线上
一梭梭推进枪膛的子弹

铁血军魂
扛起一个民族的信仰
寸土不让，捍卫国土的完整
守护作为一个中国人
骨头里的尊严

2020年8月2日于高攀路1906创意工厂

猛追湾

从万福桥奔流向东
在清远桥转弯南下
比府河水走得更急的
是散落在
曹家巷、天祥寺、东较场
三百年来
前有母猪放养河湾
后有明朝大西王张献忠
被大慈寺和尚
身后猛追的传说

府河在这里转头向南
活水公园隔壁子
摩天轮闲来无事
在半空打转转
柳浪湾游泳馆
后浪追赶前浪
河对门339电视塔
踮起脚尖
使劲儿拍巴巴掌

2020年8月26日

喜树街十年

东西走向的道路
以树命名
南北走向的街巷
以花命名

喜树街十年
窗外荒山草地
长出城市地标468
文创景观528

洪河不再是想象中
那条奔腾古今的大河
地铁2号线上这个站点
早高峰，晚高峰
人海涨潮，车河奔流

目光放远一些
龙泉山以简笔画的轮廓线
站在古驿道马蹄声里
这片地球上最大的城市森林
正对我的书房窗口
把远离雨水雾霾的日子
馈赠给太阳的花朵
月亮的歌声

2020年8月10日

花舞春天

爱的信使
穿越冰天雪地
蓝喉太阳鸟
背负巴山蜀水的春天

云的花朵
一夜之间打开心结
褪下羞涩的外衣
裸露酿在心尖的蜜
活出更好的自己

当阳光与花儿
在春天的枝头舞蹈
甜美的气息
在风中弥漫
一片片绿色的眼睛
交换爱的语言

2006年2月19日初稿
2020年3月25日定稿于华西坝

我是雨夜怀揣火焰的桃花

落叶起身
返回三月的枝头
我是雨夜
怀揣火焰的桃花

内心柔软
藏掖小小的毒
那是你稀罕的妩媚
不要你的命
来偷你的心

我是为你而酿
那一坛春酒
迷路山野被风灌醉
被时间出卖
捂紧花朵的芬芳

2018年3月9日

思念是一种酒

思念是一种酒
酿在别离后的心中
日日发芽
夜夜开花
弥漫的香气
丰满每一个日子

酿酒人在时间的两端
收获苦涩和甘甜

相遇的刹那
注定了这杯童话
只有开始
没有结局

2016年5月28日

网红成都

要积攒多少铁粉
才算超级网红
要有多大的福报
才能路遇这雨后彩虹

命运雨大风狂
人间每一年每一天
都有新的苦难

前天推窗看十四座雪山
昨天暴雨出门赶海
今天彩虹在天空刷屏
治愈系的成都
烫不够的火锅串串
看不厌的变脸街景

2020年8月19日

双流航空港

这里是《山海经》
刻记在石头上的
——都广之野

这里是蜀人先祖
繁衍生息的
蚕丛故里

这里是《蜀王本纪》
西汉大儒扬雄
字里行间的广都

这里是《蜀都赋》
西晋才子左思笔下
——带二江之双流

黄龙溪，应天寺
禅林幽深听梵音
江安河，牧马山
清溪古道悟三生

带着千百年来

人类飞天的梦想
中国第四大航空港
在这里落地生根

天府之国走向世界的
空中丝绸之路
天府国际生物城
成都芯谷，航空经济区
在脚下长出翅膀

打开成都人的朋友圈
来一个位置共享
我在浪漫之都巴黎
我在海港之城悉尼

我在童话的故乡丹麦
我在足球之梦巴塞罗那
我在花朵山谷亚的斯亚贝巴
一个个鲜活的地名相互打着招呼
全球资源向一个口岸靠近
国际航线向一个个远方出发

心里的千里万里
在这里交汇
远方的大漠高山

在这里登场
这里是地球的东方
挺直腰杆站立起来的中国
古老文明源远流长
这里是时尚成都的空中门户
天府新区核心发展区、自由贸易港
东西方美食、产业、文化汇聚一堂

在月光散场之前动身
用匆忙的脚步声唤醒黎明
追逐阳光，不害怕雨大风狂
航空人一直行走在路上
让时间见证我们成长的航道
让世界成为我们翱翔的背景

（原载于2020年3月26日《成都日报》）

道明竹艺村

无根山下
时间在这里分叉
一个院子，一户人家
一片竹林，竹子与竹子之间
透明地呼吸

平面竹编的字画
瓷胎竹编的茶具
立体竹编的箩筐果篮
站在想象力的刀尖
编织时间的经纬
艺术的空间

竹里之夜，建筑之美点亮乡村
来去酒馆，几杯酒，一盏茶
慢品小酌，仿佛还能听见
陆游临摹《兰亭集序》之后
追古思今的琴声

长腿慈竹在川西坝子
养活一代又一代手艺人
手指触摸竹编的温度

在坚硬的人间
柔软地活着

2020年7月7日于崇州道明镇

长秋山

三百里地蝉声
从五斗米道
从主簿峰太清观、大宝顶
梅子坡，一路叫过来
三十一个山头，站在八百米之上
长秋山就从南宋进士魏了翁
兴办学堂的鹤山书院落笔
染上了秋色

没见过这么接地气的山
刻在石头上的观音
印在古蜀国的图语
用满口川西坝子方言
讲述蒲江、岷江、青衣江
流传千年的美事
平常人家的女子善心修炼
有朝一日也能学道成仙

以山脊分水
岷江靠左，青衣江靠右
以诗书留名
东坡先生在前，鹤山先生在后

不管你信不信
盐铁重镇的遗址一直都在
道家三仙的传说一直都在
勾画一座山的风骨
传承一座山的香火

2020年8月8日初稿于蒲江
2020年9月5日定稿

蒲江丑柑

不是每一朵花
都躲得过风雨摧残
幸免被病虫祸害
修成正果

不是每一个不知火
一挂果就满脸沟壑纵横
美丑自有尺度
做自己就好

推开家门
隔空签收一座长秋山
红合村怀抱一树树橘香
感恩土地的厚爱

2020年8月8日初稿于蒲江县红岩村橘香居
2020年8月21日定稿

在一壶茶香里打坐

静下来
一颗躁动的心
幽居深山
隐没于古刹
在一壶茶香里打坐

模仿千年老树
丰富的根须深藏于土地
不为尘世浮躁蛊惑
一片片叶子，呼风唤雨
守望内心的清风朗月

人生这杯茶
水波沉浮
简单是本色
苦涩是坎坷磨砺
清香是岁月的馈赠
醇厚绵长

2020年5月21日（联合国首个"国际茶日"）于锦官城

（原载于《现代艺术》2020年第7期）

诗歌是一粒火种

二月二，龙抬头
春夜喜雨拉气温下水
从十六度跌落到六度

油菜花不管不顾
在邛崃山前水边
加入春天的合唱季

诗歌是一粒火种
在冉义中学落地发芽
一张张青春的笑脸
一声声阳光的告白
安静的村庄
草帽下的远方

2019年3月8日于邛崃冉义第四届油菜花旅游节

人间太浅，盛不下太多悲伤

人间太浅
盛不下太多悲伤
如果真有天堂
愿它是你想象的样子
没有疼痛忧伤

你留在人世间这张笑脸
让我们相信
幸福是一种感觉
也是一种力量
一个作家最大的幸福
是活在文字里

生命这场接力探险
上半场用来相遇
下半场用来别离

2020年4月4日（清明节）

写作者

大地是秋天的画布
流水是高山的调音师
我是谁？从哪里来
往哪里去

在文字与键盘之间
在深爱与远离之间
无力自救

为孤独扬名
为热闹送葬
我搁下手中的笔
万物没有停止生长

2019年10月22日 于峨眉书院

東進之路

桃花故里

你像春天一样来看我
一年一次
放几枝桃花在门前
你就走了

你带走了
我生命里的水墨年华
带一抹粉红的念想
远走天涯

2017年3月6日于龙泉山

东安湖之夏

放飞自我
打开穿越星空的翅膀
想象是不明飞行物
朝向太阳升起的东山
以接近光的速度
抵达古蜀文明三千年

太阳神鸟
站在《山海经》
通灵三界的扶桑树枝头
大熊猫蓉宝
高举火炬来到东安湖
点燃世界大学生运动会
青春的圣火

2020年8月17日于龙泉驿大运村

大运成都

燃烧的火炬
照亮青春的脸庞
奔跑的地平线
梦想的力量势不可挡

天府绿道，绕着府河南河跑
一路分享成都味道
公园城市，绿色生长智慧
活力迸发激情

安逸成都，共享文化科技福利
成就每一个梦想
2021，动起来更健康
看地球，在我们手心里
改变模样

2020年8月21日 于锦官城

乒乓乒乓，走向远方

今儿起了个大清早
按捺不住怦怦心跳
你问我着急要赶去哪里
我这是要去——
成都市全国重点乒乓球学校

成都国际乒乓球公开赛
三十天国际训练营，观众我挤不进来
错过了捷克、印度、阿塞拜疆
美国、波兰、荷兰的国家队猛将
错过了世界冠军施拉格，亚洲冠军丁祥恩
欧洲冠军布拉什奇克，非洲冠军阿鲁纳
好不容易抢到一张门票
我急着要赶去瞧一瞧
中国出产的世界冠军张超、郝帅
四川培养的世乒赛亚洲杯冠军朱雨玲
大运会男团冠军朱霖峰
全国青年运动会女团季军纪竺君、廖艺舟
第一届中日少儿乒乓球挑战赛
女团冠军高雨欣、女单季军刘子菱
还有四川省青少年锦标赛
捧回奖杯那些肌肉型帅哥美女

你问我干嘛不窝在家里看直播
电视屏幕上的你来我往
哪里有现场观战的激情爆燃
连续四年的国际乒联
世界巡回赛中国乒乓球公开赛
2018年国际乒联女子世界杯
2019年国际乒联男子、女子世界杯
中国成都第18届世界警察和消防员运动会
我一场都没有落下，普及推广中国国球
需要培养高水平的运动员从娃娃抓起
也需要我这样的中国球迷热情参与

身边的锦江静静流淌
年轻的笑脸春风浩荡
身为国训六大基地
办赛、办学、参赛
为国家培养输送高水平后备人才
"出人才，出成绩，出成果"
成都乒校使命担当，把责任扛在肩上

抢抓世界赛事名城发展机遇
乒乓外交，推进体育经济文化交往
翻开2019年4月22日的台历
从匈牙利布达佩斯国际乒联全体代表会议
传来振奋人心的消息

中国·成都得票
超过日本北九州、葡萄牙里斯本
成为2022年第56届
世界乒乓球团体锦标赛举办地
你们助力成都办成的这件大事
让中国铁杆球迷心生欢喜
"一带一路"成都国际乒乓球公开赛
这个沿线国家广泛参与
高规格、高竞技水平的成都原创品牌
分站赛事今后将在国内节点城市
海外沿线国家举办
我看见中国乒乓球,未来在梦想中闪亮
我要大声喝彩,我要大声鼓掌
乒乓乒乓,快乐健康
乒乓乒乓,走向远方

2020年1月18日于中国乒乓球队训练基地

龙泉驿

千年之后
人们早已淡忘
你从前的名字
天宝元年
那个身穿夏布长衫的老人
转到山脚下
遇见一汪清泉
惊为通灵之水
不久，唐太宗书案旁
新版的大唐疆土
改了一个县名
东阳摇身一变
成了灵池

日子一页页翻动
转眼到了
北宋第四任皇帝
宋仁宗赵祯手下一个府吏
沿湖周游一圈
回到成都府
写了一份调查报告
从此这个川东首驿

改名灵泉县

无论是唐诗里的灵池
还是宋词里的灵泉
都没有今天这么任性
水叫龙泉湖
山叫龙泉山
山脚下拔地而起
一座走了桃花运的城市
索性就叫龙泉驿
匆匆过客在山水之间
找到人生的驿站
心灵的港湾

2014月12月25日初稿于巴金文学院
2019年6月23日定稿

洛带古镇

过万水，翻千山
拖家带口离开风暴的中心
找一条活下来的理由
湖广填四川

在巴蜀大地
茶马古道甑子场驿站
古老的棋盘上
落下一街七巷

杂沓走来的脚步声
分流到广东、江西、湖广、川北
四大会馆，擂茶听戏，抱团取暖
一串艾蒿粑粑，一碗伤心凉粉
满口南腔北调广东土话

住山不住坝，百善孝为先
一坛子客家娘酒
一屋子客家山歌
耕读传家的客家文化
在龙泉山下，落地生根
开枝散叶三百年

2020年6月17日 于龙泉驿

禹王宫幸会两棵桂花树

左手在上
抱拳道声：幸会
面对湖广会馆后院
两棵百年桂花树

五代乐舞来助兴
深秋落花时节
我只与晚唐西蜀诗人推杯换盏
填一曲香软的花间词
低吟浅唱，抬头问山月
心里多少事
牵挂的，担心的，害怕的
可不可以交给树下香炉
——放下

2020年8月19日于洛带古镇

字库塔

一百多年
稍不留神就推倒了重来
从大慈寺搬来的灰色块砖
让六角字塔的辈分
长高一千多年

敬畏文字的力量
珍惜圣贤思想
字库心里有一团火
路过的人
只看见历史在冒烟

2019年6月17日于龙泉驿洛带古镇

红　粉

一个人
怀抱三月的阳光遐想
哪一天？飘落你枝头
那片红粉，是我

原来沧海
是遗失山间的一捧水
心中揣着你的火

冷风吹不灭
渴望，为你抽枝
守望中的蓓蕾
解不开的心结

何必在意
为你而开的粉色花朵
究竟代表什么

人潮涌动的海洋
无论把我们
抛向波峰还是浪谷
在心中涌动
依然是你柔软的浪

（入选《桃花诗三百首》，中国文联出版社，2006年版）

龙泉湖

成渝高速
以一百公里的时速
闪开一条道
搂抱阳光的新欢
樱桃的甜言蜜语

风由着性子狂奔
在车窗外撒野
给田野的草长花开煽情
远山，夕阳的火焰再不烧旺
天就黑尽了

没有人当真
要把被诗酒发酵
虚构的荷尔蒙带回家
四月的湖水
只为龙泉山荡漾

2019年3月16日于《2018四川诗歌年鉴》首发日

南津驿古道

几块拴马石
还在等来往的马蹄
一座迎仙桥
刻记老茶馆说书人
与先贤对话的接头暗语

成渝古道东大路上
十里一铺，二百里一驿
流水喂养快马
一封诏书，八百里加急
把石板路磨亮，把千百年用光

2020年8月19日于资阳

（原载于《成都日报》2020年9月7日第12版）

一树柠檬在秋天等你

说好的下次是哪次
说好的改天是哪天
三月开花，九月挂果
你是来看花，还是来摘果

石窟造像就在路旁
你不妨顺道看一眼
盛唐左侧卧佛
北宋东方美神紫竹观音
上承敦煌，下启大足的安岳石刻
坐实了中国佛雕之都的声誉

星星看护的八十万亩青春果园
上热搜的安岳柠檬
少了相思的苦
多了初恋的甜

2020年8月20日于资阳安岳县

（原载于《成都日报》2020年9月7日第12版）

阿弥陀湖

狗尾巴草
在村口招摇
秋蝉在核桃树上
打坐念经

童年是跳进水塘
深呼吸的鱼
太阳雨，在水面上撒网

一朵莲花
生根发芽的阿弥陀湖
流浪半生的少年
从远方取回来
羊皮卷智慧真经

2020年8月16日于资阳市雁江区东峰镇杨家村

资阳人

骨头敲响编钟
花朵的内心住着一座寺庙
蜀人原乡，苌弘故里
山水教化苍生

看惯了九曲河上桨声月影
飞身落地化作石头
不改铁血丹心
还是资阳人

*1951年，修建成渝铁路资阳段时，在施工现场挖出一个古人类头盖骨化石，经专家鉴定，距今有35000年历史，该化石被命名为"资阳人"。

2020年8月21日于"资阳人头盖骨化石发掘地"

大树进城

素面童心
深居简出的日子
被连根挖起

捆绑自由的思想
背井离乡
城市的风景
从此多了几片叶子
几分沧桑

大树现在的生活
没有人担心
唯有风，偶尔捎来
远方的消息

大树渐渐改变了模样
连叹息也轻若梦呢
夜深人静的时候
想起故乡
那些呼风唤雨的日子
叶尖上的露水
模糊了眼睛

2006年初稿，2018年3月15日定稿

痛让你学会了坚强

一次意外的碰撞
你摔倒在田径运动会
八百米决赛
炭沙铺成的跑道上
你擦伤的手肘膝盖
张开流血的伤口

我不知道是什么力量
让你站起来
一步一步走向下一个赛场
只听说你和你的小伙伴
四个甩动马尾巴的女孩
从预赛跑进了决赛
把接力棒传到了终点

人生的路你刚刚起步
有多少坎坷没有人能够预料
跌倒了爬起来再跑
痛让你学会了坚强
没有什么可以把你阻挡
穿过风雨你能找到方向
人生路上你会遇见阳光

2007年6月12日初稿，2019年8月21日定稿

简单爱

哪里赶来的云
在天空放牧羊群
哪里飞来的鸟
站上枝头把我叫
山间流水，奔走相告
有一个遥远的人
在我心里种了草

哪里赶来的樱桃
在村口开花笑
哪里飞来的蜜蜂
在田间地头凑热闹
我等待的你，在哪里
夜夜梦醒听不见
天长地久的回音

日子攥在手心
一天天减少
散落天涯那个他
穿过人海把我找
空气弥漫幸福味道
简单爱牵手遇见未来

2020年3月26日

一首诗的时间

书海冲浪
这么多年深埋情感
在文字的荒岛开花
在时间的枝丫挂果

生命凉薄
爱是一座隐秘的花园
我的爱只有一首诗的时间
当你转身走远

2018年6月16日

失 眠

一辈子循规蹈矩
在格子里跳舞
活得跟远古荒原上
刀耕火种的祖先一样

今夜，即便无奈
也容我放纵，信马由缰
翻来覆去数羊
在别人睡觉的时候
睁大眼睛

世界从热闹复归于平静
那些长了翅膀的文字
在深不见底的长夜
灵魂附体

2018月12月23日

烧着回忆取暖

我们的爱
只剩下最初一段
后来靠烧着回忆取暖
一壶熬在火上的咖啡
缭绕暧昧香气
你快来加上些甜
这些经风沐雨的果子
苦涩得够呛

拿走多余的夜晚
拿走多余的人
剩下这如水的琴声
剩下两个溺水的人
一起游回从前

烛光摇曳的夜晚
谁让你心乱
趴在临水的窗边
未来的路多么遥远
如今过往的木船
还在打捞你唇齿间的温情
那沉入海底的誓言

2009年11月20日初稿，2020年1月6日定稿

选择性失忆

不要撕开伤口换药
不要冲进雨里哭喊
我只要一个
和风细雨的夜晚

不是未老先衰
不是更年期提前
我宁愿选择性失忆
留下那些美好的瞬间

2019年6月8日于日本京都音羽山清水寺

问 情

你是不是我等待的那个人
一场大雾迷了眼
我看不清

你是不是我守望的那个梦
火红的玫瑰一夜之间
静悄悄地开

走过的路在雨中消失了痕迹
我只想给你新鲜的自己
爱情就像这场夜雨
我们在树下躲雨

我要和你牵手去看日出
我要和你相伴去数星星
细水长流的每一天
爱海扬起风帆

我要和你共画一个家
我要陪你走到海角天涯
直到地老天荒
我们依偎在一起
看晚霞满天

生月亮上醒来
wake up on the
moon

2006年7月3日初稿，2020年8月6日定稿

你的行踪

看得见
你在哪里起飞
看不见
你在哪里落地
你的行踪
是一个哑谜

我站在原地
等你说过的那句话
回过头来找我

2017年11月13日

我是为你而生的

一生下来我就老了
我的哭声穿透五千年

妈妈，这个世界
不是我想象的模样
你的痛苦，淹没了我的梦想

你纤细的手指
解开生命的缆绳
放我起航
我开始害怕
害怕黑夜扇动雄鹰的翅膀
吞噬你的浩瀚和宽广
害怕阳光闭上多情的眼睛
带走水中的月亮

妈妈，你不知道
我梦里的童话
太阳是绿色的
叶子是金色的
水珠闪烁钻石的光芒
雪花像乳汁一样

喂养大地山冈

妈妈，其实你不懂我的童话
但我是你真实的女儿
心跳和血脉跟真的一样
太阳血崩的那个秋天
你是码头我是船
你的体温是我生命之河
一步一回头的港湾

妈妈，我是你初生的苦难
我是你未来的希望
顺着树枝生长的方向
你看，我是窗外闪烁的
露珠和太阳

（原载于《青年作家》2011年第2期）

一个早晨的消失

天刚刚亮
转眼又黑了
一趟过路的暴雨
拉黑了天空的晴朗

生活来不及彩排
一个早晨的消失
明天和意外哪一个先到
没有预兆

2020年8月11日

陌路相逢的爱情

动车还没有动
我和几个从万年寺
徒步下山的背包客
被困在高铁进站口
等待出发的长椅上

与一个人投缘
不在乎千里万里
邮局投递包裹
也投递陌路相逢的爱情
书信言不尽意
恨不得把自己快递给你

2017年10月20日 于峨眉山

生命之树

想要这样的生活
暖暖地被一个人宠着
早上睁开眼
眼前有一片绿色的草原
风吹草长
蒙古包飘来早茶的奶香

太阳在天边摊开薄饼
日子就多了一些酥脆的味道
相守的每一分每一秒
都是生命之树结出的蜜枣

2013年12月24日

斑竹林

过新津兴义镇
阳光在水面上扑闪翅膀
茂密的竹林
高大的楠木

水在川西坝子写诗
斑竹林在农家小院画画
十多根竹子抱成一团
散落在羊马河两岸

吊桥多半是喝醉了酒
摇也摇不醒
天空之镜
关不住水鸟的歌声

2018年8月23日

天和地紧紧拥抱在一起

如果酒开口说话
一定会抱头喊冤
人们借助三分酒力
七分酒胆惹出来的事
后果都要酒来承担

谁说酒能乱性
你抬起头来看一看
那么多盛装的酒
衣冠楚楚地坐在那里
交头接耳
说着言不由衷的话语

分明是藏在黑夜那双手
撕开酒色的外衣
冲破思想的樊篱
在梦幻与颤动中
找到真实的自己

舌尖的温度
在迷乱中传递
心，敲打玻璃

你使劲儿捂住嘴巴
害怕藏在心里的秘密
跳出来，喊他的名字

纵然欲望燃起的火焰
将黑夜烧为灰烬
你的眼中
依然有冰清玉洁的爱情
仿佛太阳和月亮
白天黑夜的找寻
五百年之后才迎来这一刻
天和地紧紧拥抱在一起

2012年9月21日

走过一棵树

夜里下了一场雨
走过一棵树
有风轻轻摇晃
清凉的雨水
淋湿长头发白裙子
就像瞬间发生的爱情
匆匆拥有
随后是长久分离

走过一棵树
就是走过人生一场风雨
雨后的阳光终将穿透
生命的树林

2008年1月2日 于白鹭湾

这个世界没有想要的完美

这个世界
没有想要的完美
闲言碎语吹打
心中未开的花蕊
我只能远远地望着你
望着你闪烁不定的身影
像孤独的夜空
仰望璀璨的星星

既然不能是你
俏立枝头的花朵
就让我做你
欢乐时的掌声
忧伤时的眼泪
将一粒发芽的种子
埋进深不见底的洞穴里

2018年5月11日

夜 宴

荒草连天
我们围坐芭蕉树下
夕阳烧了酒
大粗碗满上

欢声长了翅膀
四处飞扬
绿岛是安静的琴房
水在白键黑键上
兴风作浪

人生这场盛宴
让我们把酒尽欢
明朝酒醒处
人各天涯

2012年12月24日

把乡愁遥寄给春天

不是花蕊私藏了春天
在山与水之间
飞来飞去的蜜蜂
只不过是春天的快递员

不要说你辜负了春天
阳光下那片桃林
有我们最初的遇见

车来人往的城市
哪里去找宁静的桃园
一路上那么多追梦的人
把背影留给故乡
把乡愁遥寄给春天

始终回不去的
是故乡怀抱里
那个下河摸鱼捉虾
上树摇落桃子的童年

2016年4月20日

路遇一场雪

谁的手掌
轻轻拍打在脸上
这不是我的错觉
亲爱的，成都下雪啦
这座温暖的城市
路遇一场雪
比见你还稀罕

这来路不明的雪花
搭乘哪一趟航班
从天而降
放大我眼睛里的惊喜

2019年1月1日

在月亮上醒来

亿万年够不够
等你来唤醒休眠的火山
吸引，力大无边
生命的潮汐拍打环形山

眉月弯弯，潮落潮涨
青春撞击河床
你的善良是我笃定信仰
你的笑容让我无力抵抗

春湖，夏湖，秋湖
马蹄放飞激情的翅膀
云海，雨海，梦海
瞬间把永恒埋葬

桂花树芬芳童话想象
地球的女儿
在月亮上醒来

2020年6月9日

吃茶去

唐朝赵州古佛
从谂禅师
在观音古寺扬手一喊
消失的一千多年
应声回来了

吃茶去
以平常淡定之心
面对人生顺境逆境
不执念于身外之物
感悟人佛相通
禅茶一味

2019年12月17日 于蒙顶山

马尔康，
火苗旺盛的高原藏地

空降一场太阳雪
才对得起这春风浩荡的遇见
马尔康，火苗旺盛的高原藏地
用一片片空灵的雪花
治愈岁月的内伤

跑得天上都是脚板印
也跑不过九百年大藏寺
明代壁画满天飞奔的祥云

铜锣一声响
乾隆皇帝马背上的圣旨就到了
一枚象牙篆刻印章
五十套御赐天衣
是护法一方、功德圆满的奖赏

举杯邀约鹧鸪山、雪马山、梦笔山
邀约九十九个高山湖清澈的海子
化身为神游的草地鱼
自由自在，与天地精神相往来

2020年9月6日

梭磨河大峡谷

喊一声杜鹃
花儿应声开在水边
喊一声竹林
熊猫翻身打了一个滚儿

走吧，去藏味天街
打望峡谷口上的土司官寨
松岗直波八角古碉
去俄尔雅村，找寻婆陵甲莎古城遗址
二十三座古堡镇守河谷云腰

高山草甸滑雪，长征路上遛马
骑在大象山上的大藏寺
转经长廊，梵音
唤醒雪域高原的太阳

2020年9月9日

川茶情歌

草长花开
雨水生长荒凉
千里蜀道
相约春分时光
山路弯弯
江水源远流长
一叶新茶
带我回到故乡

竹叶青青
峨眉春心跳荡
蒙顶甘露
相遇寂寞时光
文君绿茶
古琴撩拨疯狂
天府龙芽
一壶邀约天下

一卷诗书
种下黑夜漫长
千年茶树
许下今生愿望

多情茶山
根在巴山蜀水
一壶茶香情意长

2016年3月19日初稿
2020年6月6日定稿

扶贫路上

向江河借桥
向悬崖问路
电力人挺起钢铁脊梁
把阳光握在手上

大地铺开宣纸
电线当作画笔
山里的父老乡亲
住在瓜果飘香的画卷里

2020年8月16日于成渝高速

大渡河边一棵老榕树

轻些，再轻些
不要吵醒这个老人
盘根错节的回忆

用三千年的深情
轻唤你的乳名——嘉州
在海棠花盛开的季节
大渡河、青衣江、岷江
击水为盟，峨眉山脚下
桃园三结义

洪水给大佛洗脚
有人在沉船岸边哭泣
有人在乌游寺喊天
大渡河边一棵老榕树
耳边依稀响起
凿石成佛的敲打声
叮当，叮当，叮当

2020年8月20日于乐山大佛

四渡赤水

历史的峡谷
有一道闪电
惊醒红色记忆
赤水河昼夜不消停
用流水的手掌
拍打岸边沉默的石头
要逼这些石头说出
满肚子血雨腥风的往事

云雾迷漫，群山层层逼近
摸黑前行，危险步步紧跟
抢在天亮之前夜渡
这不是唯一的选择
却让三万红军
找到了逃生的缝隙
找到了突破重围的方向

兵分几路徒步快闪
一块门板一盏铜油灯
就能举起生命的光亮
在二十二个渡口
架起十六座浮桥

灵活躲闪
摆脱十万大军的围追堵截
勇猛还击
书写以少胜多的传奇战史

季节从冬天走向春天
从冰天雪地的一月
走到春暖花开的五月
时间定格在一九三五年
那些放弃北上横渡长江
在赤水河两岸
用生命护佑信仰火种的人
他们散落在长征路上的名字
不应该被新生的时光埋葬

（原载于《晚霞》2016年第19期）

岩居人家

他们就这样敞开
自己的生活
这些半山腰上的岩洞
寒来暑往
天做的被子地做的床
四季是挂在洞外的风景

他们的生活
从披星戴月的劳作开始
一日三餐的温饱
是一生的追求

他们的快乐
山风一样透明
偶尔遇到高兴的事
笑声能传到三村八里

岩居人家
大山深处一幅幅
快要绝版的风情画

2018年8月6日定稿于扶贫路上

雨都的月亮

游在水底的
不一定是雅鱼
走在街上的
不一定是雅女
我笃定相信
爬上树梢的
还是那弯雅月

你看她眉眼清澈
分明是当年打马进藏
路遇的那个女子
扬起道别的手指
送我一缕茶香

2016年3月16日 于雅安

大峨村一夜

佛祖慈悲
原谅一场细雨
私藏了八月十六的月亮
说好的圆满呢
中峰寺的晨钟暮鼓
皈依人心向善

我把顶楼邻居送的菜苗
种进一楼森林花园
心里就有了对收成的期盼
番茄还小，海椒过了季节
从今天起
我也是在山上有土地的人了
世界自然文化遗产
是我的后花园

夏天清音阁听水
冬天纯阳殿煮茶
山下名来利往
无关风月
莫来打扰天下名山
内心的安详

蝉鸟唱和

即使簌簌风声

也是大峨山一夜森林交响

催我早早起身

顶一头雾水

随中峰寺的云

行游四方

2016年9月16日日于半山书院

你送我的漫天星星

分明是青年李白
仗剑出川遥寄相思
那一轮峨眉山月
在农历大雪之后
文朋诗友围炉读诗
挥手道晚安的那一刻
爬上我们扬起的指尖

又是一年圣诞前夜
纯阳殿门前千年银杏
飘落满地黄叶
瓦屋檐下那一树腊梅
心无旁骛地开花
你送我的漫天星星
照亮夜行的路

2019年12月13日

在山水之间放空自己

第一次上峨眉山
是什么感觉
两个兴奋了一夜
没睡踏实的人
早起约我搭同一趟高铁
去体验两天
被松鼠吵醒的周末

站在山路拐弯处
那一棵喊不出名字的树
这年头岁尾挂在枝头
最后几叶日子
心里装了满满的阳光
想红就红，想黄就黄

这散漫的表情
多像三个暗地里盘算
上山安放心灵的人
约好下午去见千年银杏
在城市钢铁森林打拼
推着石头上山
欠了几辈子的瞌睡
倒头一觉
就睡到了满天星光

2019年12月12日 于峨眉山清音阁

立春，颜色交响曲

春天拉响颜色交响曲
童话发芽的篇章
农耕文化二十四个节气
雨声敲响锣鼓

剪一纸春牛图贴上门窗
摊一锅春饼满屋麦子香
煮一壶花草茶
坐等燕子飞回来
在屋檐下衔草搭窝

读书人书不离手
种田人不离地头
人勤地不懒
土地不亏欠
勤劳的托付

2020年2月4日（农历立春）

惊蛰，雷声滚过山顶

鸟嘴人身
长了翅膀的雷神
敲打环绕腰间的天鼓
一声声惊雷
滚过山顶

中国历史上
原本叫启蛰的这个节气
撕开仲春的面纱

春雷响，万物长
草莓跟在油菜花身后登场
快来种下葵花和蓖麻
到了惊蛰节
耕地不能歇

2019年3月5日（农历惊蛰）

清 明

迎面走来
那个名叫清明的孩子
去年，他背着一筐细雨
独自上山
跪在一堆新土前
哭了整整一夜

这面向阳的山坡
埋葬了多少桃花的青春
梨花的白发

2017年4月5日（农历清明）

立夏，春天已经长大

人生四季
抵不过春夏秋冬
冰雪用眼泪治愈大地的伤口
小草用肩膀扛起春天

立夏，春天已经长大
这农耕文化的成人礼
少年长成青年
面对生命的风雨雷电
无所畏惧

2020年5月5日（农历立夏）

夏至，东边太阳西边雨

误入藕花深处
白昼漫长，晴雨各半
等待失去边界
半亩荷塘芬芳飞奔过来
给仲夏一个拥抱

急雨加持闪电
响雷之后，花朵惊慌失色
一别两心宽

深夜，一群走失的羊
带走安静的睡眠
流水抚摸伤痛的痕迹
花香如此干净

2020年6月21日（农历夏至）

立 冬

是开始也是结束
你的北方冰霜乍起
我的南方西风湍急

冬天来得太快
红苹果还挂在枝头顾影自拍
寒潮裹挟细雨
凉透了骨伤透了心

收捡季节的甜蜜与苦涩
等待一场大雪从天而降
雪被之下
另一个春天拔地而起

2018年11月11日（农历立冬）

白露，在《诗经》的两岸

初生的芦苇
站在水边
唱古风里采来的《蒹葭》
对岸浣纱的女子
披散一头茂盛的长发

水是天空的镜子
太阳溜进家门
家家煮新米

一夜凉一夜
闹热落单的时光
在《诗经》的两岸
那回不去的故乡
草尖露水狂

2020年9月7日（农历白露）

中 秋

浓淡水墨
在中秋的笔画上行走
龙飞凤舞的狂草
又见嫦娥奔月夜
衣袂飘飘

广寒宫重门深深
江南无月的中秋
细雨把思乡的忧愁
浇上眉头

年年中秋年年雨
远走异乡的游子
把一轮故乡的明月
揣在心头

2017年10月4日（农历中秋）

龙舟的闪电照亮时间的深渊

水的击鼓之声
高过屋檐
龙舟的闪电
救赎时间的深渊

一生的惊涛骇浪
挂几串艾草菖蒲
就能平复
门框也不相信

一碗雄黄酒
给走夜路的人壮胆
粽子跳进水底
说出端午的真相

2020年6月25日（农历端午节）

画酒城

太阳，太阳
请借给我七色彩笔
画一画我可爱的家乡
中国酒城泸州

画一棵市树
枝头挂满桂圆果
画一朵市花
满城飘落桂花香

画一口龙泉井
酿四百年老窖酒
画一个天宝洞
藏百年郎酒酱香

画九十九座山峰
守护古老江阳
画一条小河
沱江在这里投奔长江
画一条大河
长江扬帆飞奔向海洋

2020年9月26日于泸州忠山学校

遇见雨中的方山

迎龙桥头
千年池塘满涨的荷叶
在这晚春的午后
遇见你叩响心音
娇嫩欲滴

九十九个山头前呼后拥
一级级通天的石阶
自汉唐而来
走来真龙天子
走来文人墨客
走来佛门弟子
才有了云峰寺
一代代香火不断
才有了慧知池
解不开的千古情缘

禅院幽深
静听暮鼓晨钟
天池的水
洗涤俗世尘埃
捧出善与美的世界

集乾坤正气
梵天佛国于一身
在桢楠叶绿色的丝雨中
方山，添了几分秀色
多了几分神奇

2006年5月26日初稿于方山

2020年8月3日定稿于成都

我住的这个地方

我住的这个地方
九十年代第一批商品房
后来，富人们搬进了别墅
留下我和新来的邻居
守望窗前的两行树
头上的一片天

城市的那端
新开了不少楼盘
楼下有草坪
门口有保安
花儿一样的售楼小姐姐
天生的浪漫
她们把浴缸一般大的一汪水叫湖
把半人高的几棵树叫花园

我早已习惯自由进出的门
无人修剪的树
就像乡村低头劳作的姑娘
美得天然

我住的这个地方

有时阴，有时雨，有时晴
活得蛮真实

推开窗户可以看见
一部人与自然决斗的大片
北京的沙尘
东南亚的海啸
阿尔卑斯火山喷薄而出的熔岩

我住的巷子老了
我的城市还年轻
我用一扇窗
开启每一天

2007年10月30日初稿于青山巷43号

2019年6月12日定稿于半山居

风吹而散

长长短短的路
走向脚步以远
偶然相遇的人
风吹而散

蝉声织网
烟柳拂面
看天空书写芭蕉的记忆
瞬间淹没了永远

人聚人散
爱过找不到心跳
恨过摸不到伤痕
快乐如云烟
风吹而散

2016年9月13日

倒计时

我不知道
走近你的路有多长
由着性子撒野
不必在意无缘无故的风
带走枯黄的落叶
不必在意无中生有的雨
絮絮叨叨下个不停

身边的流水
开始倒数计时
这是二〇一三年
最后四百五十六个小时
这个无风无雨的夜晚
凌晨三点，天地如此静寂
没有人问来路
没有人问归期
我们站成两棵树
相对无语却又心有灵犀

2013年12月12日

带着你的名字上路

带着你的名字上路
走过的地方叫流浪
追不上的那片云叫梦想

脚步一次次远离
心一天天贴近
原来你是烙在我身上一枚胎记
吹散浮云挂在天边那轮明月
细雨打湿思乡的时光
你的背影夜夜清晰

轻唤你的名字心就暖
头枕你的名字梦会甜
瘦了的西湖
荷叶绿了又绿
老了的文庙
才子年年翻新
金沙滩书写激扬文字
沱江河涌动海的声音

带着你的名字上路
故乡，走过千道山万道水

也走不出你齐腰的蛙声
千层的稻浪
走过长长的一生
也走不出你母亲的呼唤
喊我的乳名儿
把夜晚喊亮

2008年2月10日初稿

2019年11月3日定稿

孩子们的乡村体验

城市森林中的这群孩子
光着脚丫的花朵
在乡村的鸟语声里
经受雨打风吹

推磨，摇磨
推磨，摇磨
湿漉漉的童谣渐渐远了
孩子们你追我赶割草忙
近了，蓝蓝的天空
青青的小草

露珠还在背筐上打滚
山娃子已经在汗水里长大
枕着太阳早读
牛背上有个梦想
奔向远方

2006年6月9日（看英才外国语学校舞蹈《山娃子》）

航拍絲路

wake up on the moon

法兰西阳光

一

粉红色晨曦天光
涂鸦在塞纳河
水波潋滟的镜子上
埃菲尔铁塔见证爱情
魂断花开的轮廓
愈来愈清晰

二

戴高乐广场
悠闲散步的鸽子
让雨果笔下
十五世纪的巴黎
一幕幕回到眼前

八百年圣母院
古老钟楼尖塔玫瑰花窗
少了敲钟人卡西莫多
吉卜赛少女艾丝美拉达
用自由奔放的善良气息
偷走古今中外少男少女的心

三

凯旋门顺手牵来十二条大街
香榭丽舍大道的香水
塞纳河左岸的咖啡
钢琴诗人肖邦
黑白琴键上的《夜曲》
《思想者》刻记罗丹的佛缘
《忏悔录》写满卢梭的眼泪

文艺大咖聚散的咖啡馆
海明威坐过的椅子
萨特写作的台灯
现代艺术之父塞尚
站在印象派土地上
推开立体派绘画的门窗

四

地铁站音乐快闪，激情浪漫
长腿酒杯，波尔多红酒
晃动一张张笑靥芬芳的脸
卢浮宫，遇见自由女神玛丽安娜
奥赛博物馆，抬头看见莫奈的蓝色睡莲
街头的过客，灵魂的归人
这生长在时光里的巴黎故事
这温暖一生的法兰西阳光

2019年8月23日初稿于法国巴黎

2020年4月12日定稿于成都

巴塞罗那

地中海蔚蓝天际线
阳光季节不穿衣裳的沙滩
西班牙六弦吉他
高声部低声部海浪热情奔放

巴萨赛场青春荷尔蒙狂野爆燃
高迪建筑脑洞大开自然怪诞
伊比利亚火腿，冒着橡果的香气
毕加索忧伤画布遇见立体魔幻语言

圣家族大教堂百年尖塔长成热带森林
管风琴低声细语给我一个拥抱
石头无声讲述《圣经》故事悠远神秘
面向太阳诞生，面向日落受难

孤独时听我倾诉，忧伤时给我安抚
危难时予我庇护，悖逆时把我宽恕
唯有你能让我找到归宿，荣耀归于天主
归于为爱而生，这一场修行

2020年3月25日

花朵在风中枯萎

圣马可广场
天空，飞来飞去的鸽子
请带我去威尼斯

水一样透明的阳光
贡多拉船边不见唱歌的人
不见我朝思暮想的姑娘

海浪没有护照
一场风暴，翻卷艾诺利亚大地
生命的花朵在风中枯萎

2020年3月22日

布拉格

阳光拉长，石板铺路的街巷
街头马车，拉来八方游客
千塔之城布拉格，红瓦黄墙
圣尼古拉斯大教堂
落满虔诚目光
伏尔塔瓦河，一路抓拍
城堡的尖塔，信仰的壁画

女巫造型的木偶
滑稽好笑，穿着黑麻布袍
骑着扫帚，戴着尖尖帽
查理大桥塔楼
旧城广场路边的咖啡
六百年来整点报时的自鸣钟
十二个圣像貌似走马灯
在窗口出现，向路人鞠躬

捷克小说家昆德拉
《生活在别处》，不仅仅是《玩笑》
出走法国大半生，昆德拉用母语
写下《不能承受的生命之轻》
满纸都是布拉格语言
布拉格味道，布拉格气息

走一趟黄金巷，路遇浓眉大眼
写《乡村医生》的犹太青年
忧郁迷茫的卡夫卡
天天等啊等
等不来一封信的卡夫卡
布拉格，把半个城给了卡夫卡

2019年8月26日

富士山音乐公路

风一吹山就空了
野花一摇头
路就远了

比天空更蓝
车轮背负山色
樱花树下云绕山腰的往事
疯长成树海
汪洋为山中湖

惊喜于车轮与地面凹槽
不快不慢的遇见
两百米音乐之路
上山听前半段
下山听后半段
《富士山之歌》

站在五合目
打望活火山云海
人类无边无际的想象力
扶不起岛国第一山
终年积雪的倒影

2019年6月5日于日本东京

跨 界

时下流行跨界
对面递过来的名片
头衔一大堆
身份一长串
昨夜心血来潮
在自家后院
铺了一条小道

站在细雨中
想象路旁开了玫瑰
红砖缝隙间
长出三叶草的场景
惊觉自己的简介里
又多了一项资历
有搬砖技能
有修路经验

2017年10月19日 于峨眉山

129

晋商入川

三十里地油糕
二十里地面
黄河岸边长大的小米
喂养华夏文明四千年

中国第一个王朝
从中条山走出来
夏朝身后
跟来十二个朝代

大禹治水，三过家门
马不停蹄的禹王皇城
涑水先生编撰的《资治通鉴》
童年司马光砸破的
那个大水缸
还在夏县淋雨

传说华夏祖母嫘祖
在一片桑叶上长大
赵氏家族父子宰相
从这里出山

三晋大地上
镇守西南的夏县
武侯大道晋蓉汇餐厅
赵氏传人用一桌便食、巧食
用山西大院家常的味道
慰藉异乡人，酒杯里的乡愁

2020年7月2日于成都

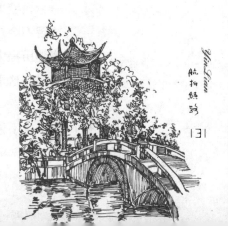

转身之后看见爱

一个羞于说爱的年代
早熟的种子
在心里发芽

月上柳梢的夜晚
向古今中外文学大师
求助一封情书
让脸红心跳的文字
在一个女孩瞳孔里开花

这只是两个少年之间一场赌注
要把校园里最靓的
那朵花，采回家

这件事情一开始很顺利
后来就遭遇不少看不见的风和雨
一个血液里有刺青的小镇少年
注定不会在一条路上走到底
情感历程中很多伏笔
可以在这里找到端倪

二十岁不怕地不怕天

把自己家当成身后一个坐标
把祖国九百六十万平方公里土地
当成自家的后花园
油漆卖了多远
房子卖了多高
嘴皮子卖了多厚，并不重要
那些花花绿绿的钞票
像一片片落叶
飘落在他走过的路上

是谁东冲西撞
找不到行走的方向
是谁给了树，叶子的想象
是谁给了种子，破土的力量
是谁给了绝处，一线逢生的光亮

相信自己，相信一棵树
总能找到生长的土壤
一根救命的稻草
紧紧攥在手心
一只鸟，在黄河边
找到了飞翔的天空
在汉字间爬行
在思想里翱翔

那些走过的波折
都是找路的线索
那些无谓的尝试
都是必要的铺垫

一路跌跌撞撞
在侠肝中找义胆
在善良里找温暖
在柔情中找火焰
在转身之后看见爱
没有人怀疑你的执着
你早已在文字之间
找到了站立的姿态

2016年12月20日

思念是一种酒

思念是一种酒
酿在别离后的心中
日日发芽
夜夜开花
弥漫的香气
丰满每一个日子

酿酒人在时间的两端
收获苦涩和甘甜

相遇的刹那
注定了这杯童话
只有开始
没有结局

2016年5月28日

画稿溪

一部时光的线装书
散落的页码
岩石堆积如山
奔跑的风
撩开你的画卷

沿着桫椤编织的密林
飞鸟翱翔的天空
恐龙漫步的足迹
顺着山间奔流的小溪
走上回家的路
是一场旷世持久的眷恋
山崖上蕨叶惊飞的翅膀
守望地老天荒

亿万年化瞬间
沧海桑田
思绪飞流直下
仰天望，青丝已成白发

老去的是岁月
不老的是青山
穿过桫椤遮蔽的路径
找寻生命之源

2015年3月21日

天堂草原

蓝蓝的天空
在歌声里悠扬
心中的野马在草原上成长
多年以前
我是你游牧的儿女
马背上的家
天苍苍，野茫茫

大青山是我的牧场
满天星星是数不清的牛羊
太阳天天爬上毡房
阿妈的笑声
撩起浓浓奶香

清清的湖水
马头琴在歌唱
野花的风裙
带我云游四方

（原载于《草地》2010年第1期）

躺在草地上数星星的夜晚

汽车在成渝高速
不能动弹
相约的晚餐
堵到了晚上九点

彩虹桥头银杏金阁
餐车美女晃花了眼
透明的虾饺
开花的百合
奔跑的牛蹄
熬进粥里边
这美味杂陈的场面
多像琐碎的日常生活
有时候匆忙，有时候闲散

风从远方吹来
吹来萨克斯音符颤动心尖
酒杯里看一片天
有时候热闹，有时候孤单

听你低沉的嗓音
素描云朵上的高原

流水有清澈的声响
山坡上放牧牛羊

躺在草地上数星星的夜晚
梦想轻轻碰了一下
你的指尖

2009年3月16日初稿于彩虹桥

2019月11月26日改定于白鹭湾

139

我在平乐等你

脚步轻松
踏上幻梦中
无数次回眸的这片土地
一草一木，生动了
似曾相似的熟悉
久别重逢的陌生

大榕树张开手臂
拥抱的姿态
分明感觉
飘在天空的云朵
不再是游子

露天广场
月下吹笛的女子
可是清晨水边浣纱的姑娘
白沫江清澈流淌
私奔码头
小木船载不动
漂泊的岁岁年年
这个生长爱情的小镇
谁来领唱《凤求凰》

春天的花

燃情的街角

嘀嗒走过的时光

无论路途多么遥远

我会穿过手指上

数不过来的白天

找到被灯火温暖的夜晚

放飞琴键上蓝色的青鸟

信守唇齿间

一句古老的承诺

梦里花开

我在平乐等你

2018 年 3 月 29 日于邛崃平乐古镇

家

离开你
转身看见独单
夜里梦里
盼望天涯月圆
一个人的酒容易醉
一个人的梦容易醒
风雨淋湿思念
爱在眼前

靠近你
阳光传递温暖
梦里故乡
小河清波荡漾
似水流年渐行渐远
让我聆听你的心跳
幸福触手可及
爱在心间

每一朵白云
都有自己的天空
每一片落叶
都要根归大地

每一个孩子
都有自己的母亲
每一次望乡
都是魂牵梦萦
中华，中华，我的故乡
我生命永恒的血脉
我心灵相依的家

（为辛亥革命一百周年而作）

143

大地流淌天空的泪水

秋，迈着深深浅浅的脚步
花朵倦懒靠在枝头
激情之后夏天枯萎
一个被时光遗忘的人
在风雨中失声痛哭

大地流淌天空的泪水
夜雨迷蒙星星的眼睛
你就是望断天涯
也望不见那次初遇
你就是望穿秋水
也望不见那场重逢

就这样把自己站成一棵树
长在牵手的路口
每一片叶子都踮起脚尖
朝着下一个春天
走来的方向

2018年10月30日

渔家灯火

一根竹竿举起大地
无声的语言
一串红灯笼把夜色点燃
探出云端
一弯新月的脸

渔家的小船
停靠生活的岸边
一江春水的合奏
为人间烟火
添了袅袅炊烟

十指含香的女子
一路走过来手挽竹篮
把酒邀月的诗人
心怀天下
高处不胜寒

2017年2月26日

天光一线线亮出底牌

喜欢一天这样的开始
煮一壶茶
捧一本书靠在窗前
看天光一线线
亮出底牌

朋友圈七夕的狂欢
电商平台的吆喝声
一夜洪水退潮
天色渐变
花朵用粉色交换黄金
太阳，看不见
大地上的阴影

2020年8月6日

孤独的星球

让我沉迷，你的气息
身体里住着那小小的野兽
青草一样清新的呼吸
有你的颜色，你的芬芳
笑声点燃火焰
黑夜疯狂

一半靠勇气，一半凭想象
时间在长久的等待里生根
心中那片海，短暂相遇
无数的可能触摸阳光能量
孤独的星球
拥抱命定的忧伤

2020年2月17日

在地铁里写诗

一

夏天带走一把火
秋风吹凉一江水
恨不是天空优游的云
自由自在,南来北往

二

一推开窗
天空就下雨了
天啦,莫非我们
有同样的心事
没有一片云
可以遥寄相思

三

细雨如丝
编织一帘愁绪
在秋风里
时针分分秒秒

停泊在思念时刻
你的天空是晴是雨

四

落叶经过我的窗前
秋天转身走远
北方寒冷南方温暖
窗外过尽千帆
我的等待亦真亦幻

五

你走来的脚步
让一个夜晚忍不住惊慌
一池清荷
染了氤氲的墨香

窗外的城市灯火诡异
路过的风
贴在树叶耳边窃窃私语
月亮彻夜不眠
冷眼旁观，尘世间
一段火焰翻飞的爱情

秋风吹落九十片多情的叶子
站在时间的两端
执手相看
相逢亦如初见

六

向秋风要回那片叶子
时光倒流
树叶回到夏天的枝头
你和我，在千万次
擦肩而过之后
偶然回眸
牵手走进生命的传奇

七

天空柔软，大地温润
在时间长久的等待里
在无数的可能里
我遇见了你

沉迷于你的气息
青草的颜色
在温暖的黑夜里

在疯狂的呼吸里
遭遇另一个自己

八

徒步夜行
在岷山突兀的皱褶之间
太阳的目光
灼烧内心的积雪

我绕过花尔盖
红岗山，雪宝顶
不说大熊猫
金丝猴，白唇鹿
我要说的是花海子
干海子，长海子
那一汪汪深潭的眼睛
让我一不小心迷了路
找不到北

九

把每一分钟
当作一辈子来爱
大海用潮汐
深情告白

十

北方的雪
一路向南
化成一场雨
西窗的烛光
渴望一双手
把夜晚剪亮

十一

满以为这片天空
离你很近
耳朵贴上去
听得见心跳的声音

睁开眼睛
却发现人去楼空
没有一个路口
可以望见你的踪影

十三

与立冬无关
你远走的日子

冰冻三尺
打个电话地会陷吗
一声牵挂天会塌吗
如果一个夜晚
注定长过一辈子
何苦空等一世一生

十四

遇见你之前
时光舍不得老去

十五

到如今
还有多少女子
不爱豪宅，不爱锦衣
偏爱内心的力量
胸中的文笔

十六

给天空一片草原
比马蹄跑得更快的心跳
追赶开满花朵的时间

十七

这个冬天
我枕着季节冬眠
不轻易出声
把一个人搁在心里
翻来覆去
想了千万遍

十八

别让冷漠
披上忙碌的外衣
一亿年前你不认识我
我不认识你
一百年后没有我也没有你
玛雅预言还没有兑现
天没塌，地没陷
为何听不见远山的回声
看不见阳光的脸

十九

当心跳的节奏失去了感应
当招魂的呼唤听不见回音

从月亮上醒来
wake up on the
moon

我只能独自转身
回到出发的那一天
仿佛我和你
从来没有相遇

2018年12月31日

155

在南中国海上（组诗）

听 海

一

扑面而来
拥着你蓝色的心跳
激情的鼓点
乱了脚步

一浪高过一浪地呼唤
寻寻觅觅
风，吹起的长发
浪，失散的足迹

掬一捧记忆的浪花
岁月沉淀的酸辛
长成珠贝

飞鸟，托起海的翅膀
风，举起帆的语言

贴近你波涛起伏的胸膛
感受你的博大

醉在你温柔的怀抱
听，大海在歌唱

二

当夜色羽毛般降临
远古的琴声浸泡在月光里
海，一个流浪的歌手
夜夜不眠，弹奏忧伤的旋律

当清晨被阳光唤醒
赶海的人，扬着帆远去
这湾咸咸的海水
生长多少疼痛与欢愉

在黑夜闭上眼睛
脱光外衣之前
在海浪大声喊叫
吵醒天空之前
在我还不懂得爱之前
海，你已将我抱紧

让我用眼睛里的蓝，捉住你
海，在我们嬉戏的间歇
你逃向了哪里

我要变成一只鸟儿
悄悄地靠近你
扇动闪电的翅膀，诱惑你

怀揣一个小小秘密
假装离开你
我的双腿，跪向生生不息的大地

这些可爱的沙粒
都是我的小小帮手
她们要垒起一座城堡，守护你

海，躺进这童话的城堡
为什么你睁大眼睛不言不语
不要用无辜的眼神对我说
你的纯净，你的透明

海，纵横天地间
我伴你逆风飞翔
飞得再高，飞得再远
也是在寻找心灵的港湾
海，浪迹天涯
一路奔放，用生命歌唱

夜 航

夜，打着星星的灯笼
一只钢铁的凤凰
扇动风的翅膀
带我们去飞

从成都到三亚
季节在分秒之间切换
穿越寒冬抵达盛夏
热辣辣的阳光
蒸发了身体的厚重
异质文化的吸引
让游客迷上花花绿绿的岛服
岛上的原住民
反倒爱穿城里的衣裤

是飞行颠倒时空
缩短了人与人心中的距离
游人像七彩的鱼
在海边，游来游去

出　海

潮起潮落
搁浅在沙滩上的
不只是珊瑚
海藻和贝壳

海天一色的蓝
吞没了，生命的过往

鹿回头

一路寻找
那个美丽传说
留下的痕迹
椰风在耳边嘶语

上山的路
我没有遇见
拉弓搭剑的阿郎
只有小鹿
在心中怦怦乱跳

原来爱情是一场追逐

海阔天空

很多时候
我们好像迷途的羊羔
在山重水复中迷茫
直到浪迹天涯
困守海角，猛回头
春秋已去，冬正漫长

海南的暖冬
竟然可以这样
温情的阳光
为心灵疗伤
天空纤尘不染
把所有的烦恼忧伤
抛给海洋

2006年12月20日初稿于海南三亚

2019年8月16日定稿

又见西湖

孤山之上
还是水调歌头
那一轮湿漉漉的月亮

迎面走来东坡先生
我的四川老乡
耗费五年时间治水救人
化淤堵为清流

苏堤之上
西湖水波荡漾
我与宋朝之间
隔着一蓑烟雨
半壶龙井

2017年10月初稿于浙大
2020年8月28日定稿于成都

从丙安古镇到元厚生命谷

秋风巨大的手掌
翻动盐运古道
哒哒马蹄声
翻动一部红色历史

四渡赤水
第一个红军渡口
吊脚楼野草疯长
茶馆里讲故事的老人
胡子挂满悲伤

生命之路的险境
进山的车上
我们都一一经历了
往山顶上一站
我不敢小瞧石林村
任何一块石头

2020年9月31日于贵州

酒杯里的故乡

收留我匆匆脚步的
不一定是故乡
挂念我饥寒冷暖的
一定是亲人

几句乡音就足够灌醉
一个重逢的夜晚
醉就醉吧，与酒量无关

风行水上，云归山野
我只是山水间
那个不再急着赶路的人
把路遇的芬芳秘密发酵
酿成醇香的美酒
与天地开怀
畅饮生活的玉液琼浆

四月的冷
无非是一场倒春寒
大可不必担心花容失色
这么多年远走他乡
我早已学会宠辱不惊
与生活握手言欢

2018年4月13日

自在行走

wake up on the moon

穿越秦岭

旅途中，总有些山水朝你迎面走来，相互对视的瞬间才发觉，你看山水的时候山水也在打量着你。山有山的粗犷豪迈大气恢宏，水有水的绵远流长妩媚多姿。你可以绕山而行，看山与山手拉手低声唱和；你可以溯流而上，触摸水流最激越的琴音……

生命旅程中倘若需要遇见一座山，那么，孔子遇见了泰山，发现天地之小；李白遇见了敬亭山，从此"相看两不厌"；穿越一百六十万年之后，我遇见了秦岭。

如果说黄河长江是中华民族的母亲河，秦岭就是中华民族的父亲山。没有哪一座山像横贯中国版图的秦岭这样，将华夏大地一分为二，把北方和南方揽进自己宽厚的胸膛；没有哪一座山像自然生态天然屏障的秦岭这样，深远地哺育影响着中华文明的历史进程。

这一次，我是从十三朝古都长安出发去朝拜秦岭的，我的高头大马歇息在水草丰美的唐朝了。八月的秦川大地以初恋的热度接纳我，徘徊在摄氏四十度上下的气温，让不少游人在四季如春的宾馆门前望而止步。从风峪口走蜿蜒曲折的山路翻山过岭，褐色的山崖，黄色的土地，古拙、博大精深的山脉一路引领，拉开一部交响诗画大气恢宏的前奏……一千三百多年前，唐代诗人王维在秦岭深处写下这流传千古的诗篇：

空山新雨后，天气晚来秋。
明月松间照，清泉石上流。
竹喧归浣女，莲动下渔舟。
随意春芳歇，王孙自可留。

秦岭，我要走多远的路才能走进你山高水长的内心？

一次次乘飞机从天空飞过，看八百里秦川奔来眼底。

一次次坐火车在亚洲最长的隧洞穿行，屏住呼吸感受你粗犷的野性。

人在画中，车在岭上。摇下车窗，清冽的山风裹挟着小溪的水汽扑面而来，湿润的气流从鼻孔沁入脾肺，暑气顿消。山崖上"终南山"三个苍劲的大字不经意间爬上眼帘。以造山带遗址闻名于世的终南山国家地质公园近在眼前，让这座山家喻户晓深入人心的更有"福如东海长流水，寿比南山不老松"这副祝寿的对联，下联书写的"南山"就是今天的终南山。

秦岭最神奇的还是山岭上的分水岭，山北的水流入黄河，山南的水汇入长江。岭北是黄河最大的一级支流——渭河，岭南是长江最大的一级支流——汉江。中国大地上举足轻重的两条河流上最大的支流，夹裹着这座奇特的山脉。更确切地说，是秦岭这座博大精深的山脉用几百条支流养育了两条意义非凡的河流。

穿越秦岭，穿越绵延一千六百公里的深度、海拔三千米的高度，我在历史的彼岸与你相遇，印证大自然鬼斧神工天造地设的传奇。

（原载于《青年作家》2012年第8期）

孙培严书法作品《诗经·豳风·七月》

树梢上的夏天

一丝风起，惊落一树蝉声。急雨过后，河面上几只白鹭在悠闲地滑翔，它们闪电的翅膀时而掠过水面，漾起一波波浪痕。锦江，这条诗意荡漾的河流，滋养着源远流长的巴蜀文明，滋养着沿河两岸的风情诗话。当年诗圣杜甫对酒当歌"锦江春色来天地，玉垒浮云变古今"；如今时过境迁，晴好的天气站在城市中一扇飘窗前远眺，依然可以神遇"窗含西岭千秋雪"的山景，而"门泊东吴万里船"的水景，却早已伴随河面水位的逐年下降，陆路、航空交通运输的日益发达，成为一段久远的历史记忆。

偶然翻开泛黄的书页，1271年夏天，凉爽的海风从亚德里亚海吹过来。威尼斯青年马可·波罗踏上了前往遥远中国的神秘旅程。这位意大利探险家在其游记《东方见闻录》之《成都府》章节中这样描述与成都的一场艳遇："有一大川，经此大城，川中多鱼，川流甚深……水上船舶甚众，未闻未见者，必不信其有之也。商人运载商货往来上下游，世界之人无有能想象其甚者。"这无疑是距今739年前成都锦江河面上一幅热闹非凡的"清明上河图"。想必独坐江边悠然垂钓的百岁老人，也未必亲眼见过书中的场景。唯有锦江岸守望千年的银杏树缄默不语，见证了世事人境的世代变迁。

沿江而行，蝉声不绝于耳，望江楼公园天圆地方的青青墓冢依然传说着那段凄美的爱情故事。当年衣袂飘飘的薛涛与才华横溢的元稹在成都偶然相遇，竟然是那惊鸿一瞥的一见钟情。哪管它前路迢迢，哪管它年岁悬殊，七岁能诗的薛涛与八岁能文的元稹相见恨晚，芙蓉树下对酌，柳浪江上缠绵。花容月貌的多情才女薛涛用木芙蓉皮巧手制作了桃红色小彩笺，挥笔写下"双栖绿池上，朝暮共飞还。更忙将趋日，同心莲叶间。"表达渴望与元稹双栖双飞的意愿。

可叹好景不长。一年之后，风流才子元稹奔仕途，策马长安一去杳无音信。一生漂泊仕途坎坷的元稹，终究没有再回望一眼当年锦江岸桃红柳绿的花好月圆。心洁如冰雪的薛涛泪眼望穿，独自转身收敛起心底的忧伤，潜心制笺吟诗填词，终日与白居易、张籍、王建、刘禹锡、杜牧、张祜等同时代的诗人一唱一和，留下不少脍炙人口的浪漫诗篇，成为唐代四大女诗人之一。

　　如今在成都浣花溪畔，在文殊院、文殊坊依然随处可见她当年用木芙蓉树皮制作的那种桃色小彩笺，人们亲切地唤它"薛涛笺"。

　　蝉声"吱吱"爬上夏天的枝头树梢，在大慈寺幽深的禅院、在杜甫草堂独立风中的茅屋旁，在宽窄巷子褪色的青砖灰瓦间合奏一曲天地自然和谐的交响……

（原载于《四川精短散文选》，中国文联出版社2011年版）

在月亮上醒来
wake up on the moon

成都人的慢调生活

　　一个行色匆匆忙于奔波、疲于奔命的时代，慢生活被越来越多的人所接受。如今，吃有慢餐，行有漫游，读有慢读，教育有慢教，恋爱有慢爱。在美国，有"放慢时间协会"；在意大利，有"慢生活艺术"组织；在中国，有被称为"悠客"的慢生活一族。

　　都市精英们所追捧的慢生活，不是简单地从疾跑中减速，不是纵容懒惰。慢生活理念倡导人们在繁忙工作之余，养成生活节奏放慢的习惯，找到一种自然的平衡。留点时间抬头看天低头听水，在娱乐休闲中放松身心，让有限的快乐得以加倍放大。

　　成都人悠闲安逸的慢调生活，是从呼朋唤友开始的。晴好的天气，三五个男男女女散坐于锦江两岸任意一家茶楼或露天茶馆，一杯盖碗茶在手，"龙门阵"就天南地北地摆起了。

　　历经千百年文化传承，成都的盖碗茶

早已名扬天下。身穿长褂、头戴小帽的"茶博士"提着一把明清时期的青铜大茶壶，穿梭于茶客之间。人不近身，小伙子肩上铜茶壶长长的尖嘴一点，滚烫的开水就将茶碗里"死去"的茶叶救活了。茶在青花瓷碗中舒展开前生的绿叶，茶的魂魄在水中升腾……一口清茶入喉，清新之气浸润心脾。茶碗中沉浮的是涅槃之后茶的今生，是自然的精华四季的风雨。成都人就这样把简单的布茶、掺水、品茗，演绎成茶的前世今生，演绎成一种独特的文化体验与艺术享受。

史料记载，中国茶文化兴于巴蜀，起于成都。秦汉统一中国之后，巴蜀文化和中原文化相互融合，中原人进入成都，慢慢喜欢上了这里代代相传的饮茶习惯，茶文化被迅速传播到华夏大地。如今，成都大街小巷大大小小上万家茶馆更是天下一大奇观。

西方人说起成都，话题离不开两个关键词：美女与大熊猫。成都盛产美女，国人早有共识。"锦里多佳人，当垆自沽酒。"晚唐诗人陆龟蒙在诗中这样提到成都美女。

爱美，崇尚美，追求美，古成都的唯美风尚在盛唐时期到达了顶峰。中国历史上有记载最早的一次美女"海选"活动就诞生在成都。话说唐玄宗内忧外患之时在成都不思饮食，豁达包容的成都人以自己独有的方式安慰这位落魄皇帝，发起了一场民间美女海选，画家将最终入选的十佳美女样貌画成丹青呈献给唐玄宗。漫步大慈寺，在红墙之上还可以看到当年复制的"十眉图"，十位佳丽的眉毛妆容俏媚多姿各自不同。

"春日游，杏花吹满头。陌上谁家年少，足风流？妾拟将身嫁与，一生休。纵被无情弃，不能羞。"韦庄这首《思帝乡·春日游》更是生动描绘出成都美女天真烂漫、敢爱敢恨的率性。如果用四川方言茶馆段子来讲就是："姑娘我今天春游，杏花吹落满头。哎呀！路上那帅哥风度翩翩，我要是能嫁给他过一辈子，就算有一天被他劈腿了，也不觉得丢人。"

古成都民间女子尚且如此，有貌有才的复合型美女就更不摆了：生于都江堰的杨贵妃，拥有白居易等众多粉丝的才女薛涛，文武双全率众退敌的浣花夫人，还有那与司马相如演绎千古浪漫"凤求凰"的卓家大小姐文君姑娘……随便说一个都是成都的超级大美女。

成都人既有蜀地阴柔美丽的一面，又

有蜀人血性阳刚的一面。远的不说，近代的辛亥革命就起源于成都的保路运动。"天下未乱蜀先乱，天下已治蜀后治。"明末清初欧阳直公所著《蜀警录》里这句话，说的正是成都人"先天下之忧而忧，后天下之乐而乐"的秉性。

泡茶馆，摆闲"龙门阵"，在一碗清茶里纵横天下谈古论今。成都人悠闲自在的慢调生活，是植根于风调雨顺的土壤之上，四季绽放的安宁和谐之花。

（本文创作于2016年1月16日，2016年获成都市锦江区"深入生活，扎根人民"主题文学创作一等奖，原载于《格调》2019年第12期）

在月亮上醒来

　　一轮明月照古今，古人见过的月亮，翻过云朵与我遥遥相望。

　　千百年来，站在天空与大地之间，站在高山、河谷、平原、沙漠之上，抬头仰望同一轮月亮，人类打开想象的翅膀：李白诗里的月亮，苏东坡词里的月亮，丝绸之路上的月亮……变幻自由、纯洁、美好、孤独、凄凉、离散、团圆多种意境，月亮化身为人类的精神恋人。

　　孤独时，月亮是陪伴；坎坷时，月亮是安慰。月亮是亲情的寄托，是友情的见证，是爱情的向往，是乡愁的皈依……引发人类对宇宙人生的思考叩问。

西方古典浪漫派诗歌的先驱、德国诗人荷尔德林在艰难境遇里写下理想生活的画面："人，诗意地栖居在大地之上。"

现代化语境下消费主义浪潮的冲击，当代人面临心灵迷失精神焦虑，诗意栖居引领人类在感应自然历史之美的过程中，找到心灵回家的路。

2019年，是我收获满满的一年：上半年去东京、京都、大阪，下半年去巴黎、里尔、巴塞罗那游学。在欧洲小住的那些日子，一个人在巴黎街头塞纳河两岸散漫行走，少年时期阅读那些经典西方文学作品，放电影般在眼前闪现，恍然觉得走进了历史的片段，眼前一幕幕都是中世纪文学大师雨果、大仲马、莫泊桑、左拉笔下的场景。

回到成都，愈发感觉成都与巴黎城市气质的相近。在文字里领悟蓉城之美，不止步于颜值，更在于悠久历史文化沉淀的丰富内涵。两千多年城池不改，文脉相传，门前一条源远流长的锦江，窗外一座终年积雪的西岭……美景美食当前，才子佳人辈出。

夜深人静时站在窗前，远远望见对面那栋楼阳台上，也有人跟我一样，仰望同一片星空，寄情同一轮月亮。如果说亲人、朋友是生命里的太阳，爱情就是生命里的月亮。生活纵使有万般无奈，对爱情的向往丰满了我们对美好生活的想象。这大抵算是我不同时期的写作，绕不过爱情诗的缘故吧。

翻阅即将付梓的这部诗集，想起北宋蜀中才子苏轼评论唐代诗佛王维的那段话："味摩诘之画，诗中有画；观摩诘之画，画中有诗。"感谢国家一级美术师、香格里拉画派创始人邱笑秋院长为扉页和篇章页插画，那人见人爱的国宝大熊猫，作为和平特使深受世界各国人民的喜爱。感谢四川美术学院首届国画系主任白德松教授为本书封面插画！感谢书法家孙培严，国画家李显波、张家伟，钢笔画家杨家驹为本书提供原创作品。还要特别感谢长江学者曹顺庆教授为本书作序！感谢原《四川文学》主编，作家队伍里久负盛名的书法家牛放兄为本书题写书名和篇章名。

悬壶当济世，诗书可传家。本书后记页有八十五岁高龄的我的父亲银熙明手写的书名；封底有从法国留学归来的我的女儿吴笛翻译的英文诗歌《桃花故里》。

诗歌是现实土地上生长的想象力之花。生活在别处，安逸在成都。如果有一天，外太空都落满人类的脚板印，仰望诗意星空，我依然向往这样的生活：在地球上行走，在月亮上醒来。